우리 시대 현대시조 100인선 7

나그네 길

조 종 현

태학사

우리 시대 현대시조 100인선 7

나그네 길

초판 인쇄 2006년 6월 23일 • 초판 발행 2006년 6월 30일 • 지은이 조
종현 • 펴낸이 지현구 • 펴낸곳 태학사 • 주소 경기도 파주시 교하읍
문발리 파주출판도시 498-8 • 전화 (031) 955-7580(代) • 팩스 (031)
955-0910 • e-mail thaehak4@chol.com • http://www.태학사.com • 등록
제406-2006-00008호

ISBN 89-5966-071-X   04810 • ISBN 89-7626-507-6 (세트)

ⓒ 조종현, 2006
값 6,000 원

☞ 저자와의 협의하에 인지를 생략합니다.
☞ 파본은 구입한 곳이나 본사에서 바꾸어 드립니다.

새해 설날 아침에 (왼쪽부터 본인, 둘째 며느리 시인 김초혜, 둘째 아들 소설가 조정래)(1983)

생전에 즐겨 찾았던 파고다 공원, 독립선언서 앞에서 (1985)

열여섯에 출가하여 승려가 되었고, 해방 정국의 혼란 속에서 타의에 의해 환속하여 30여 년 동안 교육자로 살다가, 정년 퇴직과 함께 다시 승복을 입고, 총화종 종정으로 세상을 떠났다. (1986)

고향인 전남 고흥군 남양면에서 충혼탑과 함께 세워진 '조종현 시비' (나도 풋말되어 살고 싶다) (1998)

차례

제1부 나그네 길

제2부 자정의 지구

제1부 나그네 길

生死觀空

산 것이 사는 것가 산 것 같지 아니하니
죽음도 그럴런가 죽음 속을 뉘 알리요
눈 감고 스스로 볼 제 죽고 삶이 없구나

세상 것 있다 하니 있는 줄로 보올 것가
있던 것 없다 하니 없는 줄로 아올 것가
모든 것 나오자마자 고대 죽고 마는걸

죽고 사는 것을 없게 본다 없을 것가
본래 없었으니 이제 봐도 없는 것이
없는 줄 아는 마음도 또한 없다 하노라.

* 新生 1931년 7월호.

석간수

진세를 떠나고자 자취 감춰 가던 손이
이 물에 몇 번이나 얼굴 비춰 보았는가
이처럼 아까운 줄이면 어이 두고 갔으리

스승님 걸음걸이 어이 저리 더디신고
가픈 숨 쉬시올 제 물 한 모금 떠 올리리
아니면 푸른 솔잎을 맑게 헹궈 드리리.

(石顚恩師를 모시고)

14

태고암 보름달

송림 사이로 빗겨드는 저 달빛이
무엇을 아뢰는 듯 내 은근히 쏠리운다
조바심 치는 마음이 알뚱말뚱 하여라

앞뒤 푸른 봉이 봉마다 달빛이오
좌우로 흐르는 물, 물마다 달이로다
달빛에 어리는 산수라 더할 나위 없고나.

옛 성문

위문 앞 다다르니 아이 하나 물을 파네
성문을 지키던 군병들은 다 어디 가고
무너진 주춧돌만이 홀로 남아 있느니.

백운대

실구름 피어올라 발 아래로 돌아갈 제
눈 감고 앉았으면 나도 같이 떠오르는 듯
하늘이 어딘가 했더니 나는 예가 하노라

삼각산 이 그늘에 자랐거던 잘 사시다
한강수 마셨걸랑 한 맘 한 뜻 되어지다
우리도 남들과 같이 노래 불러 보오리

가슴에 끓어오른 말 한 마디 채 못하고
제 발로 걸어가는 걸음조차 못 걸어도
백운대 예 올라보니 새로 산 듯싶어라

옛날에 할아버지 보시올 젠 웃음이요
이제 와 오르나니 이 자손의 눈물이라
한 대라 뉘 이르신고 부질없어 하노라.

한강수

이 물이 흘러흘러 열두 굽이 더도 흘러
이 강산 추지우네 새론 생명 부어주네
봄 맞는 이내 동산에 옛 꽃 다시 피과저

듣는가 이 물소리들을 이만 들을 것이
보는가 굽이침도 보실 이만 보올 것이
가만히 아시거들랑 용감히만 나가세

이 강물 언제라도 이대로만 흐르것다
아버지 할아버지 차례차례 건너시고
우리도 노래 부르며 손 맞잡고 건너리.

남향 귀로

떠나는 이 밤길이 약속같이 되었더면
오죽이 기쁘오리 웃음 웃고 내려갈걸
실없는 편지 한 장에 눈물지고 갑니다

가야 보람 없고 맞을 뉘 없을진대
구태여 가올 것이 무엇이뇨 하리마는
그래도 애닲은 심사 가고 싶어 갑니다

말 없이 쉬는 한숨 이내 가슴 미어지다
동무는 손잡으며 시름 잊고 가란구야
그러나 아니 잊힘을 어이 잊고 가리오

울컥 하는 맘에 길을 섬쩍 떠났으나
떠나서 생각하니 갈 길 도려 아득하다
아득한 이 길일망정 아니 가던 못하리

가는 길 묻지 마소 내 가는 길 묻지 마소
그르다 말을 마소 왜 그러냐 하지 마소

내 몸이 다 못되오곤 이 내 속을 모르리

웃고 가올 길을 울음으로 가단말가
떠나는 기적 소리 유달리 슬프구야
우울한 이내 가슴이 더 메질 듯 하노라.

승객

내리고 오르는 손 다 어디로 가시는지
하룻밤 찻간에 평생 같이 안 것처럼
머리를 서로 맞대고 오손도손 하누나

여보소 그대들은 무어 그리 기쁘시오
시름을 잊자하니 그러구러 이야기오
그러면 이 나그네도 따라 웃어 볼까요

이야기 할 때뿐이 시름 도로 그 시름이
겉웃음 서글퍼라 기쁜 것이 무엇인고
나처럼 가는 길이면 흥이 무엇 있으리.

새벽

새벽달 지는 빛에 산을 안고 돌아드니
차창에 부딪칠손 바람결도 시원하다
아무리 시원하기로 내 속조차 시원하랴

찌고 좁은 차에 밤을 새워 오는 이들
새벽이 되다하고 기쁜 듯이 소리치네
두어라 어제요 오늘 다를 무엇 있으랴

하룻밤 칠백리를 휘둘러 내려오니
흡사 한 세상 살고 간 듯하이마는
눈앞에 보이는 인간 다른 줄을 모를네.

삼산에 지는 달

뜻밖에 떠나실 제 마음이 어떻드니
눈물이 앞을 서다 발길이 보일 것가
오죽이 날 찾았으리 나도 없던 때인걸

가실 줄 알았드면 내가 어이 떠날 것가
내 올 줄 알았드면 님이 아니 가셨을걸
돌오자마자 하여 가고 없다 하더라

이것이 웬일이요 내 없을 때 가단말이
무엇이 급하관대 하룻밤도 여북했다
말 미처 못하고 감이 내 탓인가 하노라

급하다 하올시면 한시라도 급하련만
무엇이 그리 급해 간밤 차로 가단말고
둘이 일 다 버려두고 더 급한 일 있을까

가면은 못 올 것을 되올 줄만 알았던가
되오든 못할 길을 잠깐 다녀 오맜던가

뜻대로 되온 일이면 뉘라 탓을 하리오

생각이 나는 대로 님 너를 불러보고
님 네를 부른 대로 편지를 적으려면
하루에 몇번이 될 줄 짐작이나 하시오

아무리 내 그리워 마음이 탄다 한들
님 그려 지는 눈물 한 방울에 겨눌소냐
사랑을 주고받음이 좀 다른가 하노라

내가 님 그리듯 님이 날 그리오면
남쪽 천릿길 불현듯이 오련마는
사랑이 떠나 깊단 말 거짓인가 하노라

님다려 오라심이 구태여 무어이뇨
님 그려 타는 몸이 가야만 하올 것을
갈 줄야 뉘 모르리만 가여 아니 될 데라

우리가 누구라구 남의 말을 들을 것가
부모라 옳은 말만 뉘라 한다 말합디까
들을 말 따로나 있지 사랑에도 들을까

사랑은 신성하다 다시 말해 무엇하리
스스로 생각하여 희생함도 좋을 것이
어이타 높은 절개를 변하신고 몰라라

사람의 귀여운 점 헤이면은 가지가지
그러나 짐승보다 더욱 귀함 있사오니
정조를 굳이 지킴이 그 아닌가 하노라

손잡고 말을 한다 그것이 약속인가
야릇한 눈초리를 해야만 하온 것가
말 없이 서로 뵈올 제 그 때인가 하노라

님이 그러려구 그렇게 하온 것가
그리 되자니 그렇게만 되온 것이

유월도 아흐렛날 밤에 꿈에 한번 뵈더라

짝사랑 그 사랑도 사랑일사 못 잊으리
원앙이 그린 사랑 그 더욱 못 잊으리
무심코 잠들 때라도 꿈에 다시 뵈오리

삼산에 지는 달은 내 가슴에 지는 꽃을
내 눈에 솟는 눈물 저 구름아 고이 실어
무심히 지는 저 달을 한번 뿌려 주시오.

* 징간 : 짐작의 사투리.

한강 달밤

배띄워 발 잠그고 달빛을 바라보다
물새 노래에 세상 시름 잊잣더니
어디서 무잎 하나이 인간 알려 주더라

물거품 일고 꺼짐 그 아니 무상한가
인생 한 세상도 저와 다름 없건마는
저마다 보람이 있어 고되는 줄 모르더라

애닯다 이 사공아 물만 어디 흐른다노
손 잡고 서로 웃고 웃고 보고 헤어질 제
인정도 저와 같아여 흐르는가 하노라.

눈오시는 밤

오빠여 잘 가시다 이 강 살짝 건너시다
잡이집 불이 일고 잠든 개도 짖기 전에
무사히 건너시옴을 제가 보고 가오리

아무리 울분하여 끓는 피를 뿜으시며
이 길을 뜨시오나 이 강마저 건너시나
이 내 맘 어이랩인지 슬픔부터 앞서네

정답게 내리는 눈 오신 쪽쪽 받아가며
떠가신 오빠 자국 따라가며 메워 주리
빕노니 숨어간 자취 고이 묻어 주소서.

어머니의 다지는 말씀
―오빠 보내는 밤에

마음만 깊이 먹고 함부로 말을 마라
입 밖에 말이 나면 그때부터 못하느니
참으로 일하는 사람 좀해 말이 없느니라

네 속에 있는 말도 나에게 하지 말고
내 속에 있는 말도 너에게 하지 말자
모녀의 앉은 자리가 어이 될 줄 아느니

온갖 말 다하여도 한 가짓말 안할 것은
부모 형제요 부부께는 더 모르게
저 혼자 품고만 감이 옳을 줄로 아노라

깊이 갊은 뜻을 알리려고 알리느냐
말을 하다가 무망간에 나오느니
어디로 가든지 간에 입다물고 지내리.

호풍 이역

―조란 동포를 생각하며

따숩단 말을 듣는 이곳서도 떨리워라
창밖엘 발이 얼른 안 내딛쳐 멈추거든
하물며 만주 벌판을 말해 무엇하리오

노인도 노인일사 어린애 떠는 양을
부모 되는 이 차마 어이 보시는고
눈보라 몰아치는데 서로 안고 떠는가

이 땅에 묻힌 대도 그런 죽음 원한일걸
호풍 이역에 한 줌 흙이 되단말가
저 옳다 외치는 정의(싸움) 뉘 옳은고 몰라라

조죽 그것인들 제때나 에울 것가
베옷 한 벌만 가리워도 행이시리
고국에 있는 마음이 놓일 적이 없어라.

* 호풍 이역(胡風異域) : 모진 바람이 휩쓰는 만주 벌판.

보신각 종

장안이 고요하다 늦은 봄이 밤 깊었네
지금이 새로 한시 나그네의 꿈이로시
하마나 첫닭이 울리 귀 종기어 듣노라

옛날에 이맘때는 보신각 종이 울어
만호에 잠든 무리 깨우셨다 하시렸만
내일을 가시런 이의 길은 뉘라 밝히리

이 종이 울어울어 하늘 높이 크게 울어
삼천리 울렸으면 이내 마음 시원하리
애닮다 입을 다물어 몇몇해나 하신고.

그러구러 가련가

그대를 동지라구 나는 믿어 왔더니라
일할 이 그대라구 나는 외쳐 왔더니라
신의를 저버리다니 에끼 몹쓸 사람아

갈 대로 가 보아라 거기엔들 별다르랴
거기도 사람 산 곳 도로 마찬가지일걸
헤맬 것 무엇 있느냐 때만 지내 가느니

다음을 바라잖네 큰 일 하여 온다 해도
오늘날 손 맞잡고 걱정함만 못할세라
기쁨이 넘치일 때면 뉘웃을 줄 모르랴

전원에 드는 가을
－가을볕 아래서

옥수수 여물 든다 초가을 따슨 볕에
올벼도 익어간다 어제 오늘 달라진다
밭귀에 거니는 마음 나만 이리 기쁜가

곡식 이 한 톨 이대로 피요 땀을
피땀 흘린 이가 거둘가 내 몰라라
해마다 밭귀에 오면 다른 중정 먹히네

일년 열두 달을 어느 날에 손발 재우리
자나깨나 주야 걱정 농사지을 마음뿐이
애써서 버스른 농사 제 못 먹고 말다니

없고 볼작시면 애써 번 것 모두 헛것
타작 마당에 불티 날듯 날아간다
기차다 우리네 걱정 이러합네 그리어.

왜 그 말을 하였던가

그 말을 할 것인가 할 말이 따로 있지
열 백 번 다지던 말 왜 그렇게 잊었던가
무슨 일 하려는 사람 속 챙겨야 하느니

속을 다 빼줄 듯 쓰러지게 말한다고
그네를 믿을 것가 왜 그 말을 하였던가
그대도 지금에 와선 돌로 발등 찍으리

말하고 "하지 마라" 다진 것이 내 틀렸다
말하여 좋을 테면 다질 것이 뭐 있던고
진실로 믿는 사이면 다질 말이 없는걸

피로 맹세짓는 그런 것도 실없는 것
주먹을 쥐락 펴락 그도 아니 우스운가
신의를 지키는 동무 말 안 해야 되느니.

밤길

한자루 초 다 닳고 길은 반도 못 왔느니
칠야 삼경에 이 일을 어이할고
어느덧 흐르는 땀이 몸을 흠뻑 적시네

밝은 날 온다 해도 길이 서슴거려질걸
밤중에 오단 말이, 말이말이 되는 말가
떠난 지 십년이거니 짐작인들 있으리

길도 산모롱이 도는 길이 더 험하고
우후 우기미, 제가 절로 울건마는
호을로 가는 나그네 마음 슬어하노라

빨리 가자 하여 마음이 급했더니
급해질수록 뒤를 무엇이 따르는 듯
돌아다 보이고 보여 발길 허둥하도다.

시골의 밤

부모를 찾아와도 계시는 곳 내 몰라라
예전 그 집엔 모르는 사람뿐이로다
늙은이 한 분이 나오며 저리 가라 하더라

이 골목 저 골목을 기웃거려 찾노라니
집집의 개란놈들 따라오며 짖는구나
어버이 계시는 곳이 어디신고 몰라라

물동이 이고 간 이 저 분명 날 알 것을
모른 척, 하고 가네 어린애를 업고 가네
세월이 흘러 십년에 서로 몰라보는가

모깃불 마당에 놓고 등불가를 둘러앉아
머슴애 노래가락이 들리나니 귀에 익다
지금도 육자배기를 저러구로 부는가

낮이면 일을 하고 밤이 드면 노래분다
제 벌어 제가 먹는 죄없는 그들이언만

어이타 주림이 있어 우는 때가 있는고.

(高興南陽王蛛에서)

노모의 설움

설리 기른 자식 옥중에 보내 두고
농사 지은 밥 떠 넣다 목 모치리
넋 놓고 앉은 심사를 어머니나 아실까

비바람 섞여 칠제 어느덧 十년이라
자식을 하마 보리, 하는 그 새 머리희다
눈보라 치는 밤중을 수심으로 새우신가

무심히 앉으실까 가슴 울컥 놀래시리
눈물 지우시다 서커퍼 웃으올 제
손주는 무릎을 짚고 우줄그려 대는지.

가을볕 아래서

가을 볕발이 쪼입니다 쪼입니다
유달리 우리 밭 귀에 가을볕이 쪼입니다
모개에 휘인 옥수수대 바람에 흐느끼고

송이송이 목화송이 하얗게 피어납니다
한여름 울어머니 애써 가꾼 목화밭이
가을볕 가을 바람에 하얗게 피입니다

칠월벼 뜨물들어 모개가 능청능청
어제 오늘 가을볕에 벼이삭 누룻누룻
추석물 그 때 안기면 올벼심리 하겠소

논두렁에 심은 콩이 조랑조랑 잘도 열어
포도 송이처럼 똥실똥실 익어가요
햇밥에 풋콩 까넣기 다른 데도 하는가.

제2부 자정의 지구

사슴이 우는 밤

골 깊은 산골 밤에 사슴이 울고 우이
가을밤 잎드는데 산사슴이 울고 우이
울다가 소리 머질 제 바람소리 높아여

산이 고아고아, 가을 단풍 들어 고아
고운밤 가을밤을 산사슴이 왜 우는고
사슴도 그리운 정을 가을밤에 우는가

뜰 아래 잎이 들 제 가을꿈 짙어간다
사슴이 우는 이 밤 달빛은 너무 밝고
산도 물 고요한 골안 찬시름만 서리운다.

(曹溪山 仙巖寺에서)

43

동지를 잃고

동무 많다 해도 그 얼마 안 되나니
손 잡고 일할 동무 그리 얼마 안 되나니
더구나 그대 믿듯이 믿을 동무 누구요

내 마저 갈까부다 그대 따라 갈까부다
그대 가는 길 낸들 어이 못 가리만
일 두고 그대와 같이 차마 그리 못 가겠소

일을 해야지요 뉘더러 하라겠소
하다가 못다 해도 하는 대로 해야지요
옳다고 여기는 일을 혼자라구 안하겠소.

(하와이로 떠나는 都鎭鎬님을 보내며)

피란 가는 길

불바다 되다 보니 재밭이 되다 보니
눈보라 치는 밤을 들려갈 곳 전혀 없다
철 없는 어린 것들은 집에 가자 울부짖고

소낙비 바우듯 낯선 마을 달려드니
멍사모른 개란 놈들 왕왕 짖고 내닫는다
이렇게 초라한 모습 너도 처음 보느냐.

(1951. 1·4후퇴에 江景 나바위를 지나며)

피란 · 1

마구 헐렸구나 불바다가 되는구나
화약 냄새가 소매에 물씬한다
새새끼 숨쉬는 순간 숨이 도로 막힌다

반 남아 늙은 어미 지칠 대로 지쳤건만
어린것들 쳐다보며 때때로 우는구나
끓일 것 없는 조석이 총탄보다 더 무섭다.

(동란중 龍安 杏亭서)

피란 · 2

한 벌 입은 옷이 해를 걸쳐 넘어선다
포탄 소리가 지긋지긋, 하는 이 밤
가지로 이는 시름이 벽을 타고 오른다

겨누는 총부리에 또 한 해가 지는구나
봉창에 들친 눈발 가슴이 뭉클하다
언제나 제 꼴을 펼까 풍진만 자욱하다.

(동란중 설날밤에)

설날 아침

마흔아홉 살이 많다면 많지마는
여든 아흔에 대해 보면 하찮구나
아직도 어린애처럼 맨발 벗고 뛰고 싶네

어릴 때 아버지 앞에 반 무릎 꿇고 앉아
붓방아 꽁꽁 찧어 "立春大吉" 쓰던 일이
그 바로 어제런 듯 지난 설만 같구려

외씨 같은 버선 신겨 주던 울 어머니
주머니도 채워 주며 시다듬던 어머니여
자식이 그리도 귀엽습디까 어머니가 그리워요.

(1954. 설날 아침)

고향에 돌아오며

접동새 저놈 보아 나 오는 줄 어이 알아
작년 요때는 누굴 보고 울었던고
삼년을 묵어 돌아오는 걸음 가뜬가뜬 하구려

두견이 저놈처럼 나도 한번 울었으면
울다가 목메이면 메인 채로 울었으면
목메어 흘리인 피를 되마시며 울고저.

(筏橋 兜利嶝에서)

친산 성묘

1
8 · 15 해방맞이
북 장구 소리도 들으시고

서른여섯 해
판세음도 치르시고

일흔을 살으신 자취
뻐꾸기만 웁니다

2
새벽달같이 가신 후
세상은 어지러워

대상 때 여순 반란
뒤미처 6 · 25 동란

어느덧 흐르는 세월

벌써 10년 되옵니다

3
새장에 갇힌 새가
푸른 창공 꿈 어릴 제

햇병아리 종종걸음
서릿발에 떨었지요

봄볕이 퍼기는 한식
오늘 날아듭니다.

(筏橋 兜利嶝 望高臺에서)

곡천 나들이

두릅나물
너끌 너끌
된장에 무쳐놓고

천어를
고추장에
거꾸로 찍어 들고

막걸리
카랑카랑한 맛에
도화 유수 부르네.

(화순에서)

오목대

폭포같이 쏟아질 말
하자 보니 할말 없어
새도
못 날던
그런 때 있더란다
첩첩이 쌓인 그 사연
산만 홀로 푸르렀다

흰나비 노랑나비
푸짐한 그 노래
안감대 성북동을
봄 하늘에 감돌았지
앵도알
텀치던 장난
불시 하고 싶구나

무슨 말 금시 할 듯
산이 앞을

다가선다
내 속 풀어 줄 듯
시냇물도 귀에 조잘
네 고장 네 그린 산수
정도 다분하구나.

(1956 여름. 26년 만에 글벗 辛夕汀을 全州에서 만나)

* 오목대(梧木臺) : 전주에 있는 명소.

공동 묘지

솔고개
고이 잠든

이 분네들
일어나오

꽃그늘 향기 속에
서로 한잔 주고받게

새 노래 흥겨운 철을
차마 그냥 지내겠소.

(高興邑을 접어들며)

담양장

껌 씹는 아가씨 참빗을 사는구나
핸드백 들고 서서 바구니도 사는구나
아무리 비바람쳐도 가시잖는 향기여.

원평도중

묵전밭
파는 분네
나랑 같이
파 봅시다

꽃 꺾어
머리에 꽂고
밭 파먹고
사는 살이

붓대를 꺾어 버리고
나도 따라 가고 싶소.

* 원평(院坪) : 전주 교외의 지명.

떠나는 길

떠나는 나도곤 보내는 네가 더 서운하지
걸음, 걸음을 바라보고 서 있구나
그렇다 그렇구말구 정이란 게 그런가 봐

봄꿩이 제가 운다 속 모르는 말 아예 말게
그리움 없다 하면 제가 어이 울겠느냐
봄풀이 푸르르니 더 그리워 우는걸

<영>아 잘 자라라 꽃이 피면 다시 오마
꽃 속에서 새 노래를 너랑 같이 듣고 싶다
어여쁜 너의 얼굴을 꽃빛에서 보고 싶다.

(1957. 3. 전주에서 夕汀과 작별하면서)

* <영> : 辛夕汀 친구의 막내동이 여섯 살짜리의 이름.

동동주 한잔
―가람님에게

동동주 한 잔에
천하가 돈짝일까
<계동> 좁은 길을
어떻게 지내시요
세월도 열아홉 해가
한양 따라 감돌았소

노 <가람>
젊은 <가람>
내멋대로
부르고 싶소

<응 응 응>
시 읊는 소리
들을수록 구수하요
한 줄기 푸른 난초가
맑게 풍겨 향기롭소.

장성 갈재

동란에 울었것다 장성 갈재 엉엉울어
산신령 있다 하면 저도 넋을 잃었으리
오늘은 잠풍한 날씨 구름 동동 떴구마는.

임피를 지내며

봄비가 보슬보슬 길을 앞서 내리는구나
나그네 낡은 모자 촉촉하여지는 순간
봄빛이 찾아드는 자취 빗소리에 듣겠다

실개천 늘어진 버들 가지가지 피리소리
삼월 삼질 다 못되어 아이들이 부르렸다
그때야 뻐꾸기 소리는 내가 지고 돌아오마.

(군산 가는 길에)

남관 관촌

1
임실 곶감이
달기는 달더라마는
관촌 물맛에야
제가 어림 있을라고
재 넘어가는 구름도
그냥 두곤 못 간다니

2
꽃 빛에
어린 산골
노래하는 산새 소리
곡조
곡조가
봄하늘에 새롭구나
홀홀히
지내는 나그네
춤이 절로 벌어질듯

3
귀촉도
귀촉도
남관 관촌
넘어간다
진달래
붉은 넋이
두견을 불러 운다

메도록
울고 울어도
내사 한번
못 울었다.

* 남관·관촌(南關·쭴村) : 전라선 연변의 지명.

자정의 지구

1
시퍼런
동해 파도
자반처럼 말라붙고

나뭇가지마다
불이 붙게
잎이 져도

애없이
당신 걸음은
이 한 밤도
가십니까

2
당신이 이따금
몸부림
칠 때마다

우렁 딱지처럼
해골이 굴건마는

봄볕에
허울을 벗듯
새 비늘이 돋습니까

3
끝없는 저 갓에서
끝없는 이 갓으로

당신이 돌아가며
자국마다
켜는 촛불

눈부신
저 해와 달빛
언제부터

밝았다오

4
당신 심장은
넋빠지게
끓습니까

맥박이
온수발로
뛰는 줄만 아십니까

젖가슴
한일자로
38선이
멍들었소

5
북두

칠성인들
저대로
돌겠느냐

38선
휴전선이
가까스로 얽힌 이 밤

차라리
저 하늘마자
마구 뺑 뺑
돌았으면

6
새 소리
쥐 소리도
감감한
이 하늘 밤

당신은
듣습니까
들린 줄
아십니까

잠자는
아가 숨소리
좀 아니 살갑소

7
별도 조는 듯
머리 서로 맞대고

고지 선하품이
총대 타고
오르는 밤

당신은

어찌 보십니까
모르는 척
하십니까

8
아우성치다 못해
지칠 대로
지친 이 밤

네 활개
여기
저기
거리마다
퍼졌어도

당신은
아직 모릅니까
귀가

귀가 먹었소

9
낙타 걸음처럼
꾸벅꾸벅
가십니까

제트기
날아가듯
쏜살같이
달립니까

돌지난 어린애마냥
따박
따박
걷습니까

10
한 바퀴
뒤로 돌아
돌아보면
어떻겠소

당신 발길에
38선이
터지도록

멍하니 외길로 도는
네 가슴을 차고 싶다

11
토끼는
칡잎 먹고
매아미는
이슬 먹고

제각기
푸짐하게
사는 줄로
여깁니까

산기슭
미륵
장승도
저대로 못 섰다오

12
못 먹고
부르짖고
헐벗어
울부짖고

하룻밤 발을 뻗고
잘 곳은

어디 있고

뱅뱅이
치는 이 꼴을
네가
눈 떠
보느냐.

파고다의 열원

1

저마다 숨을 쉬고 저대로 활개 치고
제각기 말 달리듯 대지를 굴리도록
내 여기 감로(甘露) 받들어 비옵나니 새벽마다

2

빗발 사이로 들리나니 무슨 소리
조국이 우는구나 땅을 치며 우는구나
진흙에 거꾸러졌다 나도 같이 울었구나

3

잔디 풀잎이 내 발 밑에 돋아나고
가로수 꽃그늘에 봄하늘이 너울대도
오늘도 울부짖는고 이 겨레가 웬일이야

4

훈풍이 푸른 하늘 가로 스쳐 가리마는
이 땅은 노근하이 먼지바람 자욱하다

강산이 어디 저대로 푸른 빛이 있다고

5

구름도 머흘어라 저도 둥둥 못 뜨는가
맑은 한강인들 굽이쳐 흐르겠나
들볶인 겨레 숨소리 삼각산도 목을 놓고

6

연화 극락도 내사 정말 못 가겠다
더구나 요단강을 내가 건널 턱이 있나
티끌에 싸이고 묻혀 이 겨레와 같이하리

7

눈보라 비바람에 알몸이 드러나고
서릿발 동부새에 뼈마디가 갈리어도
조국의 이 한복판을 이 겨레와 지키리

8

이 겨레 웃음꽃이 언제 한 번 터지련고
내 몸을 산산이 떡가루, 마냥 부셔
봄철에 보슬비 내리듯 이 강산을 뿌려 볼까

9

조국 하늘이 저렇게 트이듯이
이 겨레 맑은 혼이 길이 정녕 빛나오리
구구구 비둘기처럼 노래 아니 고울까

10

나뭇가지마다 윤이 잘잘 흐르도록
발뿌리 채인 돌이 제멋대로 구을도록
밤새워 밤마다 밤을 새워 감로 받아 비노니

(파고다 공원에서)

두견

1
웃지 못할 세월
새도록
울자꾸나

울어
못 다할 한
차라리 다무렴만
아까운
이 봄 한철이
네 소리에
어쩔고

2
달 밝은
이 골 안이
네 울음에 멍들것다

애끓는
네 소리가
목청껏
터질 적에

진달래
불 붙는 넋이
이 한밤에
야위는 듯.

어머니 관세음보살

1
어쩌면 그렇게
정스러이
웃습니까

부드러운
손길이
금시라도 내리실 듯

따스한
어머니 숨결이
살갗을 싸고 도네

2
먹을 것
못 먹을 것
마구 먹는
이 자식

할 짓
못할 짓
분간 모르는
이 자식

알뜰히
안아 주시는
관음보살 어머니

3
물인 듯
불인 듯
천지 분간 모르고

돌잡이 걸음처럼
비틀거리는
이 어린애

빙그레 웃으시며
더욱 귀해하신 엄마

4
할 말
못할 말
중얼거리는
이 바보

먼저 구덕에
떡고물이 될수록

귀엽다 하도 가엾어
도로
눈물 짓는 엄마

5
철 모르는

이 자식이

언제 콜콜
잠이 들까

따스한 엄마 품에
언제 안겨 잠이 들까

어머니 무릎 위에
나비처럼
춤도 출까.

영수정에서
－金岡石님을 찾아서

귀 씻기 어렵걸랑
입이나마
씻어 보자

입 씻기 어렵걸랑
손이나마
씻어 보자

손도 손 못 씻거들랑
발이라도 씻고 가자.

(咸平에서)

암소

암소 넓덕치가 봄볕에 윤이 난다
꽃다운 풀향기에 코가 물씬 하였는지
지그시 두 눈을 감고 꼬리치며 섰는 암소.

(綾州를 지내며)

꽃 한 포기

한 포기 꽃을 안고
서성대는
이 마음이

봄 가을
바람결이
고운 곳도 있으련만

은하가
흐르는 이 밤
돌부처가
되었군.

모란꽃

하얗게 못 핀 것이
네 그렇게 부끄러워

5월
훈풍에
넋두리나 하잔 거냐

뜬구름
같은 사랑을
어쩌자고 하느냐.

(덕수궁에서)

어머니 무덤가에

어머니
오늘도
쑥은 새파랗게 자랐습니다

해마다 봄철이면
쑥버무리로 살아오던 울 어머니

오늘도
쑥은 파릇파릇
어머니 무덤가에 자라납니다.

얼어붙은 강

1

심장이 굳었거라
얼어붙은 울분인가
하늘에 침을 뱉고
터지도록 외치다가
미친 듯 허허 벌판을
바람같이 헤매기도

2

땅이 꺼지도록 발버둥치다 못해
제 가슴 제가 치고
선 자리에 쓰러지다
물밀듯 치밀던 행렬 불꽃 튀듯 팅겨라

3

9·10월 갈대밭이 엉성한 이 유역을
오늘도 알몸으로 부숴대야 하는 판국
죄 없이 지내는 걸음 입이 얼어붙는다.

제3부 나도 푯말되어 살고 싶다

제3부 나도 푯말되어 살고 싶다

바라보는 월남땅

1
자루 빠진 우산을
엉거주춤 짚고 서서

마주치는 별빛따라
바라보는 월남 땅

단숨에 후루룩 날아
덥석 안아 보고 싶다

2
숨이 컥컥 막힐 듯
이글대는 불볕 아래

야자수 쿡쿡 찔러
수박같이 마시는가

원두막 같은 집에서
별 하나 꽁꽁 헤어 보는가

나도 풋말되어 살고 싶다
―국군묘지에서

1

나도 풋말되어 너랑 같이 살고 싶다
별 총총 밤이 드면 노래하고 춤도 추럭
철 따라 멧새랑 같이 골속 골속 울어도 보고

2

5월 창공보다 새파란 그 눈동자
고함은 청천벽력 적군을 꿉질렀다
방울쇠 손가락에 건 채 돌격하던 그 용자

3

우박같이 퍼붓는 총탄 번개같이 반격하고
최루탄 포연 속을 비호같이 날았었다
별보다 눈부신 공훈 해요 달을 겨누는 총성

4

칼날에 목숨 걸고 죽음과 마주쳤다
콧날 치깎는 강추위에 싸웠었다

화톳불보다 뜨거운 펄펄 뛰던 그 정신

5

방울쇠 한 방이 평화를 불러오고
방울쇠 또 한 방이 빼앗긴 자유 도로 찾고
콩튀듯 방울쇠 겨레행복 부어주다

산새

산새는 왜 저리 우나
간밤에도 울었을까

일년내 우는 울음
그래도 못 다 울어

오늘도 잎 지는 산골
또 하루를 우는가.

(光陵에서)

외나무다리

1
새라면 날아가고
구름이드란 떠가련만

꿈속같이 건너가는
이 다리 외나무다리

바람결 타고 떠도는
세상길보다 흐뭇하이

2
가랑잎 속삭이는
산골 외나무다리

사랑이 스민 자국
산머루보다 탐스럽고

오늘도 내일도 없이

구름타고 떠 있는 다리

3
금빛 노을에
다람쥐도 건너가랴

노루
사슴도
그리워 건너는가

찬매미 잦은 소리에
가을 하늘이 짙어간다

4
별도 건너가고
달도 따라 건너가고

바람도 건너가고

실구름도 건너가고

나그네 지팡이 끝이
그리움에 맴돌고.

(牛耳洞 山골에서)

산도 가람도 자라는구나
―광복절을 맞는 아침

1

몇 만겹 속삭이는
견우직녀가 부러워여이
산이 자라는구나
강도 따라 자라는구나
맑고도 그윽한 향기
은하가에 서리운다

몇 만겹 은하가를 그리워 속삭이든
할머니
할아버지가 고수하게 살았구나
아들 딸
손주란 놈도 무럭무럭 자라는구나

2

해방동이 네가 벌써 이렇게 자랐구나
얼룩진 과거를
아예 다시 물리기 싫다

너희는 너희들대로
푸른 꿈이 있지 않아

3
풀잎도 향기로워
새 소리도 아름다워
산도 우줄
가람도 넘실
바람결마저 가벼우이
은하수 맑은 하늘이
눈망울이 시원하다.

南大門 문턱

南大門 문턱을
베고, 실컷 한숨
잤나부다

<남대문
문턱이
무어야>

그럴게다
선잠을
깨고 보면
그럴거야.

거 누가, 날 찾아

천지가 팽팽하게 찢어
지도록 한강 모래같이
총총 들이박힌 별빛이
진주알보다 오히려
찬란하게
눈부시건만

이 아닌 밤중에 거 누가
날 찾아

종로 네거리가 미어지도록
홍수처럼 밀고 밀려닥친

인파의 꼬리가 꼬리를 물고
저녁 밀물처럼
되돌아치는
벌건 대낮이건만

이 아닌 밤중에 날 찾는
그 누구

비로봉이 깎아지른 듯
뒤론 우산 철벽이 발을
붙일세라, 호들갑을 떨고
설악청봉이 동해를 옆
누르듯 곁으론
만학 천봉이 겹겹이 둘러
싸인 첩첩 산골
한마리 새는 치솟아
창공을 높이 소리치건만

이 아닌 밤중에 거
누가 날
찾아

습기와 불쾌지수가 쩌

누르던 한여름도 이젠
활짝 개고 한가위 무렵의
맑은 공기와 시원스런 기운이
겨드랑 밑을 스치는 백로
철이건만

금싸라기로 쏟아지는 뜨거운
햇살을 너무 벅차 주체할
수 없건만

푸짐한 햇곡 햇과일이 산뜻
입맛을 무척
돋구건만

눈 번히 뜬 이 아닌
밤중에 거 누가
날 찾아 나를
찾아

歲月이 꽃가루로

歲月이 꽃가루로
쏟아진 자국
오늘은
하얀 모래로 깔렸다

살고 남은
자취가 이렇게
모래 한알이 된다면야

실없이 이마를
스치는 바다 바람이
또 무엇을 몰고
올 것인가.

푸르름의 계절

싹이 틀 때면 싹이 트고
잎이 필 때면 잎이 피고

뿌리는 깊숙이 내린 채 힘차게
파를 뻗고
가지는 너울거릴 대로 싱그럽게
너울거린다

그윽히 풍기는 오월의
향기로움

오오, 너의 뜨거운 숨결이 나의
가슴을 후끈 파고 드는구나
숨가쁜 이 순간의 아름다운
푸르름이여.

시냇소리

발 벗고 法華經을
숲 사이서 읽노라니
다람쥐 나뭇가지로
가지를 날은다

七十이 턱을 미는
뛰어날 틈 없는 주제
문득 시냇소리에
귀를 씻다.

맑은 소리

오늘 아침 비로소
맑은 소리를 듣겠다

서울 아침
나이론 빨랫줄에서

저렇게 맑은 가락이
들려올 줄이야

강원도 어느 마을에서 듣던
그 신선한 제비의 아침을

어린애 해죽해죽 웃는
꿈 언저리의 꽃빛에

무지개로 영롱하게
퍼지는 곡조 곡조

맑은 기운을 타고
아가의 꿈노래를
노래한다.

稚岳山 어귀

산새 소리도 멎었네
단풍잎도 거의 졌네

시내 맑은 소리만
골안 가득하이

내 가슴의 언저리를
산새 그림자는 호젓이 우네
스산한 마음의 창공을 휘돌아
한잎 두잎 단풍은 날아가네

가을 한철이 단풍잎에
얹혀 날아가네
노을져 날아가네

맑게 흐르는 시냇물 소리
왜 이렇게
고막이 시릴까
심장이 터지도록 시릴까.

눈발 날리는 들판

義林池 물 천두락을
堤川邑을 펼쳐 있는
저 천두락을

신라 천년이
다스렸으리

그때도
이맘때면
들새 한마리 이렇게
날았을까

오늘은 내가 왔다
바라보며, 허수아비로
지나가네

구름 같은 걸음걸이
동짓달 텅 빈

들판을 새랑
노래하며

어허 풍년이야
금년 같은 풍년

눈발 날리는
천두락 또
천두락을
바라보며 빈손으로
내가 지금
지나가네.

東海가에서

제 아무리 線 그어도 東海는 할 수
없지
썰물 밀물이 때때로 들고 난다
물새도 물결을 따라 제멋대로
날으고

어쩌다 運命이 고놈의 線에 걸렸담
핏줄은 하나다 핏빛도 하나뿐
숨통이 같은 이 겨레 東海같이 푸르다

해돋이 바라볼 때 心臟이 뛰는구나
못다한 熱願이 太陽보다 뜨겁구나
우리는 우리 힘으로 바다같이 줄을
끊자.

卍海는

만해(卍海)는 중이냐
중이 아니다
만해는 시인이냐
시인도 아니다
만해는 한국 사람이다
뚜렷한 배달 민족이다
독립 지사다
항일(抗日) 투사다

강철 같은 의지로
불덩이 같은 정열로
대쪽같은 절조로
고고한 자세로
서릿발 같은 기상으로 최후
일각까지 몸뚱이로 부딪쳤다
마지막 숨 거둘 때까지 굳세게 결투했다
꿋꿋하게 걸어갈 때 성역(聖域)을 밟기도 했다

벅찬 숨을 터뜨릴 때 문학의 향훈을 뿜기도 했다
보리수의 그늘에서 바라보면
중으로도 선사(禪師)로도 보였다
예술의 산허리에서 돌아보면
시인으로도 나타나고 소설가로도 등장했다
만해는 어디까지나 끝까지 독립지사였다
항일 투사였다
만해의 진면목(眞面目)은 생사를 뛰어넘은 사람이다
뜨거운 배달의 얼이다

만해는 중이다 그러나 중이 되려고 중이 된 건 아니다
항일 투쟁하기 위해서다
만해는 시인이다
하지만 시인이 부러워 시인이 된 건 아니다
님을 뜨겁게 절규했기 때문이다

만해는 웅변가다
그저 말을 뽐낸 건 아니고

심장에서 끓어오르는 것을 피로 배앝았을 뿐이다
어쩌면 그럴까 그렇게 될까
한 점 뜨거운 생각이 있기 때문이다
도사렸기 때문이다.

清澗亭

청간정 뒤로 두고
떠나가기 어려워라

물새를 떼어 놓고
돌아가기 차마 어려워

담배를 피워물고
우두커니 내가 섰네.

서 계시는 돌부처여

낙서 같은 역사 조각
넝마주이가 다 주워 갔다

노리개감 훈장도
가랑잎처럼 날아갔다

세상것 하 어이없어
돌부처는 웃는가

해당화 같은 웃음
하루 아침에 사라지고

모란꽃 타는 정열
얼음장이 되는 것을

그리움 뼈에 사무쳐
돌부처가 되었는가.

나그네 길

어디쯤
왔는지
어디쯤
갔는지

내사 모르겠다

오기는 왔다마는
가기는 갔다마는

나는 그저
그 자리.

길

보이는 길은
발로 가고

안 보이는 길은
마음으로 간다

마음으로
가는 길은

가슴 속에
서리서리
서리고

마음으로
가는 길은

머리 속에
붕울붕울
부푼다.

가는 길

능수버들
가지처럼
능청능청
봄바람 타고
가는 길

설악산
단풍처럼
활활 타며
산고개 넘는 길.

쉬어가는 길

구름만 떠도는
산마루 길

해와 달도
쉬어갔나

다람쥐만
까부리네

해진 옷을
걸쳐두고

나뭇가지에
걸어두고

솔바람 스치는
바위를

기대고 앉아
조으네.

끝없는 길

몇 살 먹었는지
나도 몰라
언제 낳았는지
더구나 몰라

어디로 가는지
그 누가 알아
끝이 어디인지
더더구나 몰라

끝없는 끝
끝까지
내가 가는 길

끝없는 길
나그네 길
내가 가는 길.

새로운 길

비단결 호수를
봄바람같이
스쳐간다

달 밝은
호수를
그림자처럼
날아간다

갈수록 볼수록
새로워라
아름다워라.

물새가 가는 길

물새를 따라
나도 날아보네
날아가네

물새 한 마리
호젓이 날기에
나도 그렇게
따라가 보네

어느새
구름을 타고
날아가버리네
물새는

구름을 헤치고
나도 따라가다가
새파란 하늘만
바라보고 섰네.

발길

달빛에
바람을 베고
잠이나 한숨
잘까

바람을
노래하며
달과 춤이나
출까

가는 줄도 모르게
몇 겁이나 흘렀나
사는 줄도 모르게
몇 겁이나 떠돌았나

나그네의 길이여
나그네의 발길이여.

외길

올 때도
혼자 왔기에
갈 때도
혼자 가는가

함께 갈 이
없기에
오늘도 혼자
가는가.

구름 가는 길

낙동강
칠백리
굽이굽이
감돌아

갈대잎 하나
가볍게
발을 부쳐

구름을 노래
하며 흘러가느니
달그림자도
스스로 밝아라.

조종현 연보

서기 1906년 2월 8일생.

本名 龍濟 字 大順 法號 鐵雲 雅號 碧路猊岩 堂號 如是山房喜華堂 放牧亭.

出生地 全南 高興郡 南陽面 王蛛里 315번지.

본적 서울특별시 성북구 성북동 93번지.

1922. 2. 24. 大本山 仙岩寺 擎雲敎正門下에 依得度.

1932. 3. 10. 中央佛專·中央佛敎硏究院 唯識科卒.

1937. 9월부터 一年間 日本東京 駒澤대학에서 衛藤郎應박사 지도로 불교학 연구.

1929년부터 동요 「엄마숨박곡질」 등 백여 편을 조선·동아·중외일보에 발표.

1930년부터 현재까지 시조 「生死觀空·普信閣」 등 7백여 수를 신문·집자에 발표.

자유문학사, 공보부 5월 신인문학상 시조부·영친왕 환국기념 전국 백일장대회 시조부·노산 문학상 심사위원 역임.

시조문학지 창간(이태극).

1932년부터 1969년까지 대본산 達城 桐華寺·순천 선암사·공주 麻谷寺·벌교상고·광주제일고·보성중고·우석중고 등 교육경력 30여 년.

문인협회·펜클럽·외솔회원·시조작가협회원·동국문학회

고문 역임.

노산문학상 수상.

저서 『자정의 지구—시조집』, 시조 精選 제2집 『의상대 해돋이』, 제3집 『거 누가 날 찾아』, 제4집 『나그네 길』, 법화경 강설·요지·관음경·아미타경 번역·선문염송강의초록 출판.

학교법인 동국학원(동국대) 理事·佛敎佛入宗 교정원장·총화종 종정 역임.

1989년 8월 30일 亡.